friedrich edelsbacher

steirische punkte

friedrich
edelsbacher

steirische punkte

gedichte

styria

mit bildern und fotos
von christian jungwirth,
werner koch und gregor traversa

gefördert durch
das kulturreferat der stadt graz
und des landes steiermark

CIP-Titelaufnahme der Deutschen Bibliothek

Edelsbacher, Friedrich:
Steirische Punkte : Gedichte / Friedrich Edelsbacher. –
Graz ; Wien ; Köln : Verl. Styria, 1990
ISBN 3-222-11941-4

printed in austria
umschlagbild: gregor traversa
gesamtherstellung:
druck- und verlagshaus styria, graz
ISBN 3-222-11941-4

heimat

sprich diesen namen
leise aus
laß ruhn die fahnen
und die trommeln
es ist genug
daß es daheim ist
so wie du in ihm …

alois hergouth

inhalt

steirische punkte

hügelflucht

gerüchte

steirische punkte

man hört
es sei
ein gutes land

schattierungen
von grün
und dennoch
wenig platz für grüne?

das grüne herz
pulsiert
mit CO
unter dem steirerhut pumpt
das zweitaktgemisch
wein und kernöl

es ist ein gutes land

heimatgestotter

ku
kuruz
kuruz

woazschöln
woazbrotn

ku
kuruz
kuruz

woazschöln
woazbrotn

ku
kuruz
kuruz

woazsch
woazsch

kruzifix

und bäurinnen backen das brot
stopf rein mit liebe heimat
hart bellen die hunde am
halsband

alles wird anders

und manche
wollen hoch hinaus
fort in die stadt

der preis
dafür
ist
der verlust der
erde
unter ihren füßen

stadtflüchtlinge

sie stopfen die schollen
mit dampfenden augen
würgen am sehnen
nach natur

eiskruste
am wegrand
entlang der bahnlinie
springt in ihre adern
der schienenstrang
hinaus
aufs land
ist
lang

julihitze

die stadt schwitzt zusammen
der asphalt ist
butterweich

schuhgeschäfte dreschen
ihre werbemusik
in das schweißhirn
diese ungeile hitze springt dir in die poren
frauenmassen schieben
sich aufreizend durch
die stadt
hüftauf hüftab
mit den lockeren knöpfen
die einen schönen augenblick
versprechen
ein frauengesicht zum beispiel
das
kurz vor dem abflug
verzerrt
von lustvollem schrecken
für eine sekunde
innehält

du bist unguat
du bist unguat
du bist unguat

u n g u a t   bist, heast, du!

nutzlos
herum
im café
im gasthaus

bierdeckelversaurer
biertischphilosophien
gerede
„red net so bled"
zeitvertreibend sitzengeblieben

so viel
wird geredet
und nichts
gesagt

landkreuz

und die tür
geht zu
im pfarrhof
dahinter
das weite land
des versteckens

so weit
geht die köchin
des pfarrers
bis er stolpert
dabei meint er es
so gut
in unserem land
der umsichtigen
kleinkarierten

trinken wir auf sie
wenn der wein umgeht
muß doch jeder
in seiner seele kramen …

lassen wir uns
den weg weisen?
unkraut und blumen
wenn es grau heraufzieht
ein ferner punkt
im licht
kann viele namen
tragen
oder
keinen

kreuzworte
wortkreuze
ein
wegkreuz

im
schatten
alter
bauernhäuser

und
scheunen

in einer zweiklassigen
volksschule
wurde mir bereits bewußt
was volk heißt

manchmal betrat ich
das stiegenhaus
mit glühenden wangen
und heißen sohlen

in den höheren schulen
erfuhr ich vieles
nur nicht mehr
die wärme
eines ofens
in einer ländlichen
volksschulklasse

hügelflucht

die müdigkeit
die dich überfällt
schleift die spitzen der harten gedanken ...

dir gehört meine flucht
haus am hügel

in dir liegt meine wurzel
einfacher mensch

über dich breitet sich
meine ganze wärme aus
land an der grenze

bei dir bin ich daheim
frau
die du hügel, wurzel,
wärme, grenze bist

hügelland
(für alois hergouth)

treff ich dich
drüben
jenseits der grenze?
freund
schmied seltener wörter
aufrührer du
beschwichtiger
knabe im mann

deine geschichten
machen das land
da drüben
und
unsres
zur großen heimat

diesen nebel fängst du nicht ein
mein freund
die weite der landschaft kannst du nicht
umarmen
wenn du den vogelschwärmen
nachfliegen willst
fällst du auf die nase

daher schnüre das bündel deiner fantasie
packe alle träume hinein
die zeit ist reif dafür ...

mit
gigantischen antennen
auf ihren dächern
strecken die menschen
dieses landes
ihre fühler
aus
nach mehr wärme

über tv
erhalten sie
ihr erträumtes glück
das
mittels ultravioletter strahlen
durch ihre herzen
hindurchgeht ...

dieses haus
heimat

wo wir hier wohnen

unter der grenze des baumes
vor dem schutz eines waldes

wo das wasser abrinnt

in ein feld neu bebaut
über den asphalt neuer wege

dieses haus
unsere heimat

über den dächern
das knistern
und
surren
der heuhitze

das dorf
zusammengepackt
zur schnürenden
enge

das land
braucht regen

regen
dampfende erde
lichtgrau erstickt
im dunkel des grüns

durch das fenster
der blick
auf silhouetten
glasige konturen
ein verdampfendes märchen

von ferne ein knall
herbstliche jagd
totgeschlagen
das ticken der uhren

die zeit zerrinnt
im regen

blicke
durch kleine fenster
aus alten häusern
hinaus
in die ruhe der landschaft

schauen
durch das zugfenster
auf die ebenen
die bodennebel
über der dampfenden erde
die gegen den regen kämpft
und ihn doch erwartet

1
kahlschlag des dumpfen
brechen die strahlen
ins auge der freude

2
flut des lichts
bis in die spitzen der gräser
sehr voll von kraft

3
glück bricht auf
schwankend hohe stengel
gegenlichtige blattränder

4
suchend das auge
die schattenkühlung häutend
ein meer von gerüchen ...

5
insektenflug und luftstille
pulsierendes blut
im anhalten des atems

6
ausruhen und träumen
nur für sekunden
alles ist gut

sonne
leg dich drüber
über die hügel

fahr hinein
ins geäst des baumes
der allein dasteht

öffne die kelche
aller blumen
so daß ich
deinen morgen
trinken kann …

träum dir deine landschaft
zieh deine wunschhügel

und erwache
ohne nebel im hirn
und die angst
vor der wirklichkeit
im nacken

abseits der ausgetretenen pfade
ein beschwerliches gehen
trittst du den schnee zu eis
warum friert mich nicht?

entlang dieser strecke
fliegen vögel ein

bis du sagen wirst
ich kann dich
nicht mehr tragen …

traumtanz

traum 2

mit blumen vor den augen
sonne im herzen
dem frieden geneigt
dem glück gewogen

mit menschlicher wärme
in den fingerspitzen
abstürzen

das wird ein fest
mit blut und geifer
fleischfratzig
weintrunken
sehnlichkeitsfletschend
ein lechzendes
pumpen und dröhnen
ein stöhnen
im geäst
des wahnsinns …

traumtanz

1 mir träumte
die welt
sei weich

2 alles leben
atmen
schauen
tasten
nur weich

3 laß dieses schweben
tänzerin
im traum

laß es los

4 wie eine feder
steigt
und
fällt
mein pulsschlag
landet
sanft
am boden
ganz tief unten
so hoch oben

5 tanzen
und
drehen

6 ganz

7 angekommen
im du
unsagbar
die tiefe
wo hört sie auf?

8 grenzenlos
deine weichheit
und wärme
in mir …

1 herzbrand
dich zu
löschen
greif ich
in meine seele …

2 tage
und
wochen
warten
und
hoffen

3 augenblick
um
augenblick
wie stark
das
begehren …

4 sag mir
wann
treff
ich dich
drüben
wo alles gut
wo alles still

und schon
will ich haben
besitzen
du mir
mir dir sein
dein auge soll brechen
im lachen
im weinen
im stöhnen
der körper

6 gier nach verlangen
fragen
nach wurzeln
wie tief
wie lang?

7 nein
kein erbarmen
nur halten

8 so viel
nicht geschrieben
und tausend worte
still
gesagt

9 schwer
dein atem
hält er mir stand?
wie weit noch
dein greifen nach
mir?

1982

lichtflug

ein falter
fällt aus
seiner farbe

die tage werden
sonnig

die luft hebt
auf
die flügel

zum auffliegen
ins licht

zum aufprall
am wind

wia noch an
leichtn schneefoi
im winta
liegt dei haund
auf mein gsicht
wiar a rauhreif
auf die zweigln
so saunft und zoat
daß i ma des redn
vabiatn muaß
wal i
inwendig
fost dastick
voa lauta weata und freid …

nichts mehr sein wollen
ohne zeit
ohne ort
dich trägt der atem

wie sehr
wirst du
mich hassen
wenn
du
mich jetzt
so liebst

karussell

dreh alles über
sei kopf
sei unterleib
sei unterleib
sei kopf

dreh alles über
sei kopf
sei unterleib
unterleib sein
kopf
sei
unterleib
dreh
dreh
dreh

bis du platzt …

ein aufschrei
ein lachen
ein aufschrei
ein lachen

eine große welt geöffnet
darin eine kleinere
du mußt zum kern
die kleinere welt
in zwei schalen
zeigt in sich
eine kleinere
die brichst
du auf
und
sie
birgt
in sich
eine ganz kleine

hinein – brich endlich auf!
du kleine welt der welt

im fieberschweben
mit nacktem körper
darüberstreichen
über gräserspitzen
ähren
baumwipfel

einfliegen ins geäst
und
den wahnsinn ausbrüten ...

GREGOR
TRAVERSA 1984

entronnen
der umarmung
im lieben
im quälen

müde
und still

wärmendes reiben deiner
hände
löst das
tam-ta-tam
des schienenstranges

wo ist daheim
wer springt
als erster
ab?

flugzeuge
zeichnen himmelsnarben
klar und weiß
in das stahlblau des
spätherbstes

wo ist daheim
wie lange hält die
wärme

tam-ta-tam

gipsy 1

du mann
ich muß jetzt gehn
die zeit
mann
verdammt noch mal
die hab ich nicht
kann nicht bleiben

preß einer anderen
deine lebensgeschichte ins hirn
die alten lügen ins herz
kann nicht leiden
nicht bleiben
mann

mein körper
ich weiß
weiß wie alabaster
wird nicht bleiben

und mann
im bleiben leiden
die beine spreizen
stöhnen täuschen
kann ich
nicht mehr
nein

kann nicht bleiben …

ist gut
ich geh

kein wort
ein blick

ein schritt
nur weg

ich geh
ist gut

dein geruch
noch
auf meiner haut
auf der suche
nach der
verlorenen illusion

hier nicht weiter
die hände hochgerissen
greifen
nach dir
vivaldi läßt grüßen
wühlhaar sitzt locker
in meinem wirrhirn

zewa wisch & weg

traumtänzer

und im morgengrauen
wird dir bewußt
ewiger clown

daß du nur ein spielball
warst
davongerollt
im lichtergewirr
einhüllend
das lachen der andern

wer hält dich auf
und du bringst
dich selber heim

armer kater karlo ...

fia wos
tuast des
fia wos

immerzu
immerzu
in sekunden
einen schmerz zum andern gefügt
ein starkes gefühl abgewürgt
die wut im schmerz gezüchtet
den haß geschürt
den ausblick auf hoffnung verrammelt

immerzu
immerzu

jedem seine insel
mit offenem ufer

jedem ein baum
ohne schattengrenze
des horizonts
mit tiefen wurzeln

komm leg ab die trauer
über all die kleinen tode

die schnitte werden
ein neues berühren heilen

herzwund ist
nüchtern betrachtet
verkitschter scheiß

brennt dennoch
bis in die letzte
faser

die sehnsucht
in dir
rollt weiter
lächle
atme
liebe
lebe

tut's noch weh?
wie tief ist der
schmerz
die augen
erwarten den tag
an dem alles gut
an dem alles hell

lächeln kommt auf

tut noch so weh . . .

licht blüht auf
im strahl der sonne

ein neuer tag beginnt

gerüchte …

hier bin ich
mein künstler
eures landes
wartet auf
den moment
in dem
ich euch
die masken
von den
fratzen reiße!

klinik 1

wenn ich hier raus bin
erzählt gudrun
wenn ich hier raus bin
fange ich ein neues leben an
mit tom selleck
ehrlich
wir werden
eine familie
gründen
und kinder haben
die backerbsen
sind schon im ofen
wartet nur bald
springen
die frischen kinderlein heraus

ihr werdet staunen!

wenn sie über mich reden
um ihre eigene
geilheit
loszuwerden
diese elenden hirnmasturbierer

dann kratzen sie
noch immer
an der spitze des
gerüchteberges

denn
wüßten sie
wo ich
des nachts
wirklich hocke
in welche hirne
ich mich wirklich einniste

würden sie sich schnell bekreuzigen

und wieder abschied

ich trete auf
im schwarzen kostüm
meine masche paßt
o gott

ich stelle mich
dir
nein ich weiß
am schluß kommen immer
sentimentalitäten

wie
werd
ich
diesmal
in mir / dir
weinen

es tut so weh

und so still
werd ich sein
du wirst mich
kaum mehr
hören
sehen
spüren

ich werde
leise
gehen ...

die gläser hoch
das öl
rinnt ein

gröle deine worte
solang du kannst

verstummen
worte
glasstürze
im nachgreifen
nichts geht mehr

die maske
langsam
abtragen

welche geschichten
sie wohl erzählen werden
vom schwarzgrauen clown
der manchmal
in ein verlassenes
ausgebranntes theater
ging
um das
spiel des lebens
zu proben

dabei
bedarf es
so wenig:

eines lächelns
einer offenen hand
eines beruhigenden
zustimmenden blickes …

eines einzigen wortes

man sagt
es sei
ein gutes land
mit viel
platz für grünes –
kinder und kernöl

und der freund
erzählt dir
vom zweitaktgemisch
das durch unsere adern
pocht
schilcher und kernöl
sagt er

ich weiß
freund
in diesem land
gibt es ruhe
und
von zeit zu zeit
gerät es in aufruhr
aufruhr tut gut
in uns –
nur:
zerstört nie wasser, erde, luft
und komm mir jetzt nicht
mit alten indianergeschichten

die weisheit darin
begreifen wir doch nie –
jetzt nicht mehr …

laß die sprünge in alten bauernhäusern
durch dein herz fahren
die kinder schwerer atmen
die ohren der alten
ertauben

wie alt bist du
freund?

ich weiß
dem lärm hältst du
noch lange
stand
und:
erzähl mir nicht
die angstgeschichte
vom tag
der kommen wird
der die luft
das wasser
die erde
erbeben läßt

ein tag
an dem
gefährliche vögel
über uns
ihre todeskreise ziehen

erzähl mir nicht davon
freund

sei still
so daß es
um uns

ruhig wird ...